AF462909

# ORAISON FUNEBRE

DE

TRES-HAUT, TRES-PUISSANT ET TRES-EXCELLENT

PRINCE,

LOUIS D'ORLEANS,

# DUC D'ORLEANS,

PREMIER PRINCE DU SANG,

*Prononcée dans l'Eglise de l'Abbaye Royale de Sainte Genevieve le 23 Mars 1752. Par le P. BERNARD, Chanoine Régulier de ladite Abbaye.*

*A PARIS, RUE DE LA HARPE,*

Chez P. G. SIMON, Imprimeur du Parlement, à l'Hercule.

M. DCC. LII.

*AVEC APPROBATION ET PRIVILEGE DU ROY.*

# ORAISON FUNEBRE

*DE TRE'S-HAUT, TRE'S-PUISSANT*

ET TRE'S-EXCELLENT PRINCE,

*LOUIS D'ORLEANS*,

## DUC D'ORLEANS,

*PREMIER PRINCE DU SANG.*

Ubi eſt, mors, victoria tua ?
*O mort, quelle eſt donc ta victoire ?* 1. Cor. c. 15.

MONSEIGNEUR,

EST-CE à moi à braver ici la mort, à inſulter à ſon peu de puiſſance, & à lui demander avec une eſpéce de défi ; quelle eſt la victoire qu'elle a remportée ? Hélas ! Cette cruelle mort n'a que trop ſignalé ſon pouvoir. Quoi de plus déſolant que le coup que vient de frapper ſon bras, terrible exécuteur des ordres d'un Dieu qui tient nos deſtinées dans ſes mains, & qui punit la terre en lui ôtant les Juſtes qui l'édifient ! La décoration funebre de ce Temple, les chants lugubres dont nos voûtes retentiſſent, ce Sacrifice d'expiation qu'un triſte Miniſtere m'oblige d'interrompre, les regrets que l'appareil de cette pompe renouvelle, les ſoupirs qui échappent, les larmes qui coulent, tout nous retrace un affligeant ſouvenir; tout nous annonce qu'il n'eſt plus, ce Prince reſpectable, l'exemple, la reſſource, l'étonnement de ſon ſiécle.

Non, il n'eſt plus...... Ces ſaints Autels qui l'ont vû ſi ſouvent à leurs pieds, & où un tendre mouvement le ramenoit ſans ceſſe, le redemandent en vain. Cet aſyle ſacré qu'il avoit choiſi par préférence, & qui ſe glorifiera toujours de l'avoir poſſédé, ſe refuſe encore, mais inutilement à l'idée de l'avoir perdu. Il n'eſt plus..... A ce mot la Religion ſe couvre d'un voile, elle verſe un torrent de larmes; auſſi inconſolable que Rachel, elle pleure non-ſimplement un Fils, mais ſon appui, mais ſon protecteur, mais ſon plus riche ornement. Les Pauvres pouſſent des cris lamentables, ils accuſent le Ciel de leur avoir enlevé leur Pere; accablés, abbatus, conſternés, ils gardent un morne ſilence; ils voudroient s'exprimer, & des ſanglots entrecoupés ſont encore le ſeul éloge que la douleur profonde leur permette..... O mort, ſi tu meſures tes trophées ſur l'importance des victimes que tu immoles, jamais tu n'as triomphé avec plus d'éclat, jamais tu n'as vaincu avec plus d'avantage!

Mais ſi je fais réflexion, Meſſieurs, que la mort eſt pour un Chrétien le terme de ſon exil, le retour dans ſa Patrie, la fin de ſes maux, la ceſſation de ſes allarmes, l'accompliſſement de ſes deſirs, l'heureux moment de ſa délivrance: Si je penſe à l'eſpoir conſolant qu'un vrai Diſciple de l'Evangile emporte avec lui dans le tombeau, à la couronne qui lui eſt reſervée, à la félicité dont il va jouir: Si je conſidére que dans cet inſtant fatal & déciſif, la joie devient plus ſenſible, l'eſpérance plus animée, la ſéparation plus douce, l'empreſſement plus vif, le bonheur plus certain à proportion que l'on a été fidéle pendant la vie à purifier ſon cœur, à détacher ſes affections, à ſe charger de la croix, à marcher ſur les traces de l'Homme Dieu : ah ! le ſpectacle change tout-à-coup, la foi m'éleve au-deſſus de la nature. Je ſuſpends mes regrets, j'étouffe mes ſoupirs, je commande à ma douleur, j'oublie ce que je perds, pour ne m'occuper que de ce que gagne le Prince que je pleurois. Il s'offre à mes yeux, non comme un triſte exemple de la caducité des grandeurs humaines, mais comme une preuve illuſtre des glorieux priviléges de la piété. Au lieu de plaindre une victime involontaire que la mort abbat ſous ſes coups, j'applaudis à un vainqueur aſſocié au triomphe de Jeſus-Chriſt même ſur la mort. *Ubi eſt mors victoria tua ?*

C'eſt ſur vos cendres que nous gémirons, déplorables eſclaves de la vanité, qui vous laiſſez ſéduire par cette foule de phantômes qui s'évanouiſſent à meſure qu'ils vous trompent ; ô vous, qui, dans les agitations du ſiécle, l'yvreſſe des plaiſirs, l'égarement des paſſions, perpétuez juſqu'au dernier ſoupir le charme qui tient toutes les puiſſances de votre ame captives. Nous arroſerons votre cercueil de larmes de ſang. Ces larmes quoiqu'inutiles pour vous, quoiqu'incapables de rien changer aux Arrêts de la Juſtice Divine, nous les devons à notre compaſſion, nous les devons à la charité. Vous perdez tout en mourant; & quiconque perd tout, eſt bien à plaindre.

Mais aujourd'hui, Meſſieurs, ne nous livrons qu'à une douleur ſuſceptible des conſolations de la foi. Gardons-nous de profaner par des ſentimens trop humains une mort auſſi Sainte, auſſi Chrétienne, que celle de TRE'S-HAUT, TRE'S-PUISSANT, ET TRE'S-EXCELLENT PRINCE, MONSEIGNEUR LOUIS D'ORLEANS, DUC D'ORLEANS, PREMIER PRINCE DU SANG.

Comme les Grands du monde ont plus à perdre que les autres hommes, & qu'ils ſont naturellement plus jaloux de leur gloire, la mort a auſſi quelque choſe de plus redoutable pour eux. Elle les dépouille toujours perſonnellement; elle flétrit ſouvent leur mémoire. Le Prince dont j'entreprends l'éloge à ſçu prévenir ces deux effets ſiniſtres.

La mort ne le dépouille point: il avoit ſacrifié volontairement tout ce que la mort peut enlever.

La mort ne le dégrade point dans l'estime des hommes ; il s'est acquis une gloire que la mort ne peut obscurcir.

O Mort ! quelle est donc ta victoire sur lui ? *Ubi est, mors, victoria tua ?*

## *PREMIER POINT.*

Ez. ch. 7. 3. TOUT va finir aujourd'hui pour toi. *Nunc finis super te.* Quel coup de foudre que cet oracle du Prophéte, quel coup de foudre pour un Grand, qui n'a jamais aimé que les biens périssables, qui attaché à la vie, en regrette les charmes, & est obligé de s'écrier en expirant avec ce voluptueux Roi
1. Reg. 15. 32. d'Amalec : O mort à combien de délices tu m'arraches !

Oui, Messieurs, la mort est pour lui la fin de toutes choses, *nunc finis* : la fin de ce songe brillant qui lui faisoit illusion : un reveil plein d'horreur le détrompe ; la fin de ce culte profane & mercénaire, que lui rendoient de vils Adulateurs : il tombe entre les mains de la vérité & de sa propre conscience ; la fin de ces plaisirs dont sa vie n'a été qu'un criminel enchaînement : le plus affreux retour lui est reservé. *Nunc finis super te.* Plus

il réunit dans sa personne de titres de distinction, & plus il a de liens à rompre, plus il donne à la mort de prise sur lui. » Il a beau appeller toutes les » créatures à son secours, sa chûte prochaine ap» prendra, dit le Seigneur, que les Idoles les plus » respectés ne posent que sur un pied d'argile; il est » de ma gloire de renverser ces colosses de faste & » d'orgueil. Balthasar se livre à toute la dissolution » d'un festin impie; & moi je grave sur le mur son » Arrêt de mort. D'indignes applaudissemens éle» vent le coeur d'Herodes; & moi, je commande » aux vers de le consumer. *Ego sum Dominus per-* Ez. ch. 7.
» *cutiens.* 9.

Figurez-vous au contraire, Messieurs, un Prince, qui armé du glaive Evangélique, a anticipé par des renoncemens volontaires l'état de dépouillement & d'humiliation où la mort se promettoit de le réduire. Ah! cette mort, à quelqu'âge, dans quelque circonstance qu'elle le saisisse, est pour lui, non une perte, mais un gain, mais une récompense. Que peut-elle lui enlever? Il a tout immolé. La grandeur? il est descendu par humilité. Le faux encens de la flaterie? il n'a écouté que Dieu & son propre coeur. Les plaisirs? la pénitence a été son partage.

C'eſt par de tels ſacrifices, que MONSEIGNEUR LE DUC D'ORLEANS s'eſt ménagé l'avantage d'une mort douce & conſolante. Qu'il a donc été ſage de ſacrifier l'éclat de la vanité au deſir d'aſſurer ſon ſalut dans l'obſcurité d'une retraite ; la dépendance de l'opinion des hommes, au témoignage de ſa conſcience ; l'attrait des plaiſirs aux ſaintes rigueurs de la mortification ! Que ſa retraite eſt digne de nos éloges ! Retraite irrépréhenſible dans ſes motifs ; retraite ſoutenue avec une ferme perſévérance ; retraite héroïque par ſa ſévérité.

Perſonne ſans doute n'étoit plus propre que le DUC D'ORLEANS à repréſenter dans le monde avec cet éclat qui impoſe, qui éblouit, & qui, exemt des viciſſitudes communes, ne finit qu'avec la vie, n'a point d'autre éclipſe à craindre que la nuit du tombeau. Du côté de la naiſſance : je parle du Sang de LOUIS, & j'ai parlé de ce qu'il y a de plus grand dans l'Europe, dans l'Univers. Du côté de l'autorité : admis à ces Conſeils Souverains où l'on juge les jugemens, où l'on peſe les intérêts des Puiſſances, où l'on décide du ſort des peuples & de la deſtinée des Empires ; participant

participant des ſecrets de l'Etat, initié dans les myſtères du Gouvernement politique, il coopéroit avec notre Auguſte Monarque au bien public, il ſecondoit la droiture de ſes intentions, il ouvroit des avis toujours ſages, & il avoit de quoi ſe faire écouter. Du côté du mérite perſonnel; un eſprit pénétrant, aſſez juſte pour ſaiſir le vrai, aſſez ferme pour ne point le diſſimuler; un cœur droit, exempt de fard & d'artifice, un goût naturel de ſérieux & d'application, tout le flegme de la maturité dans le feu de la jeuneſſe, un amour inviolable de la juſtice & du bon ordre, un zéle ſincère pour l'obſervation des Loix. ... avec des qualités auſſi rares, auſſi ſupérieures, il ſeroit bientôt devenu un des plus fermes ſoutiens de l'Etat & du Trône.

Cependant tous ces avantages réunis ne devoient contribuer dans les deſſeins de la Providence, qu'à décorer le ſacrifice que le Ciel en exigeoit. O prodige! Un Prince à qui le monde n'offre que des honneurs & des plaiſirs, pour qui le monde n'a rien que d'engageant. Ce Prince, avant que d'avoir atteint ſa trentiéme année, ferme l'étonnante réſolution de ſe ſéparer du monde, & l'éxcute. Au ſeul projet de ſa retraite, la Cour s'allarme.... elle alloit perdre un exemple qu'elle avoit toujours reſpecté. La Patrie éplorée l'appelle à ſon ſecours, & le conjure de ne point l'abandonner. La Religion elle-même balance, elle eſt tentée de renvoyer auprès du Trône un Prince ſi digne d'être l'appui de ſes Autels, & le défenſeur de ſon Culte. Mais l'attrait de la grace, interprête de la volonté du Tout-Puiſſant, l'emporte. Aſſuré que Dieu parle à ſon cœur, LE DUC D'ORLEANS ne ſçait qu'obéir.

Vous aviez préparé de loin cette grande démarche, ô mon Dieu, par les ſemences de vertu que vous aviez jettées dans ſon ame, germes précieux qui devoient fructifier en leurs tems! Vous vous étiez rendu attentif à le prémunir, & à l'éclairer. Au milieu de la ſéduction des plaiſirs, vous le convainquiez quelquefois par ſa propre expérience, qu'en vain amuſent-ils les intervalles de la vie, ils ne rempliſſent jamais le vuide du cœur, qu'ils empoiſonnent ſans ſatisfaire; & que l'homme eſt trop grand, ſon objet trop ſérieux, ſa deſtinée trop haute, ſes eſpérances trop ſublimes, pour borner ſa félicité à des voluptés auſſi aviliſſantes. Au plus haut faîte des grandeurs, vous lui appreniez que la véritable gloire de l'homme consiste à se vaincre soi-même, & qu'il vaut mieux commander à ses penchans, que de régir des Provinces. Dans le cours même des égaremens, dont il est rare que la jeunesse des Princes soit totalement exemte, vous conserviez toujours dans son cœur un souverain respect pour la Religion. S'il pécha, ce ne fut que par foiblesse. Une voix intérieure le rappelloit sans cesse à l'austérité du devoir; & s'il ne la suivit pas d'abord, il sentit bien qu'il lui seroit impossible d'y resister long-tems. Il y a des témoignages secrets d'une ame naturellement vertueuse. Il y a des caractères à qui le vice coûte infiniment, & qui ne font pas une chûte sans la racheter par des allarmes & des remords. Un caractére de cette espèce est un heureux préjugé de salut. C'est-là cette ame bonne que Salomon se réjouissoit d'avoir reçu en partage.

Sortitus sum animam bonam. Sap. 8. 19.

Des leçons frapantes viennent au secours de ces heureuses dispositions. Il faut que deux pertes sensibles achevent de lui ouvrir les yeux sur le néant des grandeurs terrestres, & sur le peu de durée des attachemens humains. C'est à l'école de la mort qu'il apprend à mourir lui-même à tout.

Un coup inopiné lui enleve un Pere.... Hélas! il eut été immortel, si l'autorité, la gloire, l'esprit, les talens, les succès, l'amour des peuples, l'estime des Etrangers pouvoient soustraire à la Loi fatale du trépas...Je ne rappellerai point ici les merveilles d'une Régence mémorable ; je ne m'arrête qu'à la triste époque qui termine les jours du Régent. Elle fit sur le jeune Prince la plus vive impression ; il pensa moins aux titres & aux biens dont il entroit en possession, qu'au sort funeste qui en dépouilloit son Pere. Dans la mort d'un seul homme, il apperçut le frivole de ce que les hommes ambitionnent le plus ; de ce corps étendu & privé de vie, de ces lugubres dépouilles encore cheres à sa tendresse & qu'il baignoit de ses larmes, de ces marques de dignité, autrefois l'objet de la vénération des peuples, aujourd'hui inutiles ornemens d'une cendre encore presque fumante, il crut entendre sortir une voix qui lui crioit : *Vanité des vanités, & tout n'est que vanité*, hors servir Dieu & l'aimer. O mon fils! les Grands n'emportent avec eux dans l'Eternité que leurs actions bonnes ou mauvaiſes ; à quoi bon courir après des honneurs, chercher des plaiſirs qui ont un terme ſi court & une fin ſi tragique ? *Vanitas vanitatum.* Eccl. 1.

Cette premiére playe n'étoit pas fermée, elle ſaignoit encore, & voilà le Prince deſtiné à de nouvelles larmes. Grand Dieu ! falloit-il que des nœuds que vous aviez vous-même formés, fuſſent ſi-tôt diſſous ! Pourquoi avez-vous permis que la mort ſe hâtât de ſéparer deux cœurs ſi dignes l'un de l'autre ? Vous ne vouliez donc que montrer à la France une Princeſſe née pour en faire l'admiration... ! Vous le ſçavez mieux que moi, ô vous ! qui avez eu le bonheur d'être attachés auprès de ſa perſonne. Faites-nous le détail des vertus & des rares qualités dont vous avez été les témoins. Parlez-nous de ce caractère de Nobleſſe qui l'élevoit au-deſſus même de ſon rang, & qui n'annonçoit ſa grandeur que par des bienfaits : de ce caractère de bonté qui la rendoit affable, compatiſſante, & qui la rapprochant de nous, lui attiroit de nouveaux hommages : de ce caractère de Religion qui animoit toutes ſes œuvres, qui éclatoit ſur-tout au pied des Autels, qui l'anéantiſſoit, qui la faiſoit comme diſparoître en la préſence du Dieu de toute majeſté. Rappellez à notre ſouvenir tout ce que vous avez vû; & par vos Eloges juſtifiez les regrets & les larmes du Prince qui m'écoute. Il nous promet toutes les vertus de ſon auguſte Mere.... Que dis-je? il nous les rend : Puiſſe le Ciel lui accorder une longue carriére, & ajouter à ſes jours tout ce qu'il a retranché ſur ceux de la Princeſſe incomparable, & du Prince édifiant à qui la France le doit!

C'en eſt fait, Meſſieurs, LE DUC D'ORLEANS eſt déterminé, n'attendez de lui que des démarches déciſives pour ſon Salut.

Inſtruit par tant de leçons ſucceſſives, il n'héſite plus, je le vois fuir & ſe retirer. Eſther gémiſſoit des aſſujettiſſemens de la grandeur; mais lui, ſçait s'affranchir de cette néceſſité toujours triſte à un cœur Chrétien. Il reconnoît le vuide de ces intérêts prétendus importans qui remuent, qui agitent ſi vivement les hommes; il quitte par prudence ce que d'autres briguent par ambition. La conquête du monde entier le dédommageroit-elle de la perte de ſon ame?... Nous

Tu ſcis neceſſitatem meam. *Eſth.* 14. 16.

conſervons comme un précieux dépôt, les premiéres Lettres dont il nous honora, & où il nous confie les ſaints deſirs de ſon ame; elles parlent un langage que la grace ſeule peut dicter. Il ſera éternellement cher à notre mémoire, le jour heureux, où nous tendîmes les bras pour le recevoir. A l'élévation de ſes ſentimens, nous vîmes bien que c'étoit une démarche ſans retour. Nous augurâmes dès-lors tous les prodiges que nous avons admirés dans la ſuite.

J'avoue, Meſſieurs, que le moyen de ſanctification le plus ordinaire pour un Prince né dans la pourpre, & à l'ombre du Trône, eſt de demeurer dans ſon état, d'en éviter les écueils & d'en pratiquer les devoirs. Il y a des graces pour le Miniſtre qui gouverne, comme pour le Solitaire qui prie. Ce ſeroit dégrader notre Religion, que de la croire incompatible avec les places éminentes; & de s'imaginer que pour être Chrétien, il faille de néceſſité ceſſer d'être Grand. Elle ne trouble point l'ordre des conditions, elle en rectifie l'uſage. Que les Princes rempliſſent les obligations qui leur ſont propres, & ils trouveront le Salut au milieu du tumulte & des écueils de la Cour. Tel eſt l'ordre général. Mais qui oſera conteſter au Très-Haut le droit de s'affranchir des régles communes ? La grace n'a-t'elle pas différentes formes ? Elle a ſanctifié Louis IX. ſur le Trône ; il lui a plû de ne ſanctifier LE DUC D'ORLEANS que dans le ſilence de la retraite. Elle a inſpiré à l'un plus de courage, à l'autre une crainte plus vive ; l'un a plus compté ſur le ſecours divin, l'autre s'eſt plus défié de lui-même ; l'un n'a pas rougi d'allier les opprobres de la Croix avec l'éclat du Diadême, l'autre n'a point voulu de partage, & s'eſt enfui chargé ſeulement de la Croix. Il a été dit à l'un comme à Moyſe : Allez, je vous envoye, ſoyez le Chef de mon peuple ; l'autre a pris pour lui ces paroles de l'Ange au juſte Loth : Sauvez-vous ſur la montagne, de peur que vous ne périſſiez avec les autres. Saint Louis a fait ceſſer les abominations de Babylone ; LE DUC D'ORLEANS en a redouté la contagion & les anathêmes. Tous deux dignes de notre vénération, tous deux Héros dans le Chriſtianiſme ; puiſqu'il ne faut pas moins de force, pour abandonner tout ce qui peut ſéduire, que pour vivre au milieu des preſtiges de la vanité, ſans en être ébloui.

Multiformis gratiæ Dei. 1. *Pet.* 4.10.

Mais

Mais de quelle conſtance ſur-tout n'a-t'on pas beſoin pour perſéverer, lorſque les diſcours, les cenſures, les repréſentations, tout contribue à affoiblir?

Loin d'ici ces foibles roſeaux, qui flexibles au moindre vent, n'ont ni conſiſtance, ni ſolidité: je parle d'un Prince qui a montré toute la fermeté de Jean-Baptiſte. Une fois entré dans les voyes de la perfection, il y a couru à pas de Géant. Son zéle n'a jamais ſouffert ni éclipſe ni intervalle. Qu'une vertu eſt ſolide, lorſque dans l'eſpace de plus de vingt ans on ne la voit un ſeul jour ni varier, ni ſe démentir!

Il s'étoit bien attendu, Meſſieurs, que le ſiécle n'approuveroit pas univerſellement une démarche auſſi oppoſée aux vûes & aux prétentions du ſiécle; que l'on ſe recrieroit ſur le parti qu'il avoit pris, comme ſur un parti violent & hors des regles. Il connoiſſoit trop le monde, pour ignorer qu'il n'épargne ni fauſſes interprétations, ni cenſures malignes pour ternir la gloire, pour diminuer le mérite de ce qui choque ſes idées; mais peu lui importoit, comme à Saint Paul, d'être 1.Cor.4.13.

jugé par les hommes ; leur critique & leurs approbations lui étoient également indifférentes : il appelloit du Tribunal de l'opinion à celui du Souverain Juge, ſeul redoutable, ſeul incorruptible ; il prenoit à témoin le Dieu qui ſonde les reins & les cœurs. C'eſt vous-même, ô mon Dieu, s'écrioit-il, qui m'avez choiſi, qui m'avez appellé par une prérogative ſpéciale : vous m'avez pris comme par la main, vous m'avez conduit au gré de votre volonté adorable, je m'occuperai à contempler vos merveilles dans Sion, à célébrer votre miſéricorde par des Cantiques ; mais faites moi connoître que vous ne me voulez plus ici, & je quitterai ma retraite avec la même ſoumiſſion, que David vous promettoit de deſcendre du Trône.

Pſal. 72.

Si dixerit mihi : non places, præſto ſum. 2. *Reg.15.26.*

Qu'un Prince eſt heureux quand il ne ſcandaliſe que par ſa vertu ! La cenſure devient pour lui un éloge ; le vice ne s'acharne à lui chercher des foibles que pour éluder la confuſion dont un pareil exemple le couvre.

Bien loin, Meſſieurs, que la cenſure du monde fût capable d'ébranler le Prince, elle ne fit que l'affermir : plaire aux hommes étoit pour lui une

An quæro hominibus placere ? Si adhuc hominibus

raiſon de douter qu'on fût véritablement Serviteur de Jesus-Chriſt : il ſe ſeroit défié d'une vertu qui auroit unanimement réuni tous les ſuffrages. Outre les illuſions de l'amour propre auſquelles il ſe ſeroit vû expoſé, outre la juſte appréhenſion de recevoir, comme les Phariſiens, ſa récompenſe dans ce monde : Diſciple fidéle du Sauveur, il ne vouloit pas être plus privilégié que ſon Maître. Tout ce qui porte le caractére de la Croix, eſt néceſſairement marqué au coin de la contradiction. Les Saints qui ont le plus approché de Jeſus-Chriſt ſont toujours ceux que le ſiécle a le moins goûté. Tel eſt le ſort des Elûs : un crucifiement réciproque les éloigne du monde, & réfroidit le monde à leur égard.

placerem, Chriſti ſervus non eſſem, *Gal.* 1. 10.

Mihi mundus crucifixus eſt, & ego mundo. *Gal.* 6. 14.

Mais, que dis-je, Meſſieurs, le monde ne s'eſt-il pas glorieuſement retracté ? Le monde n'a-t'il pas rendu hautement à ſa vertu la juſtice qu'elle méritoit ? Rappellez-vous ces triſtes jours, où la nouvelle ſe répandit, qu'attaqué d'une langueur incurable, & qui ne laiſſoit plus de reſſources, ſa vie étoit déſeſpérée : quel fut alors le ſentiment, le langage public ? Toutes les maiſons retentiſſoient d'éloges d'autant plus ſinceres, qu'ils étoient libres

& désintéressés. On ne pouvoit s'empêcher de convenir du vuide réel que cette mort prématurée alloit faire dans un siecle qui avoit besoin de grands exemples, du coup que la Religion en recevroit, de la perte irréparable dont les malheureux étoient menacés. Ah! de semblables louanges avoient bien de quoi consoler le DUC D'ORLEANS, s'il eût jamais compté les louanges des hommes pour quelque chose; Elles étoient arrachées par la force de la vérité.

Et en effet, que pouvoit-on lui reprocher? l'indolence, la fuite du travail? Jamais vie ne fut plus occupée, plus active, plus laborieuse que la sienne. La singularité, l'humeur? On sçait avec quelle condescendance, avec quelle bonté il se communiquoit. Accessible à tout ce qu'il y avoit de plus distingué, soit par la naissance, soit par les services, soit par le mérite, il leur faisoit l'accueil le plus favorable, & les renvoyoit comblés, surpris, édifiés. L'oubli de son rang & de ses privileges? Jamais personne n'a mieux sçû se faire rendre dans l'occasion ce qui lui étoit dû: l'humilité Chrétienne l'abaissoit devant Dieu; mais sans compromettre sa dignité devant les hommes.

Un défaut de noblesse & d'élévation ? Ah ! trouvez-moi quelqu'un qui ait pensé, qui ait agi avec plus de grandeur d'ame. Un Prince, qui dans une affaire litigieuse où il se voit forcé malgré lui de plaider, porte le désintéressement & l'amour de l'équité, jusqu'à fournir à un particulier de l'argent pour soutenir ses droits contre lui, & qui après avoir perdu son procès, rend graces encore à sa Partie de ce que, en le poursuivant, elle lui a épargné une injustice; un Prince capable d'un trait aussi noble, peut sans flatterie être compté au nombre des Grands Hommes.

Que pouvoit-on lui reprocher ? L'omission des devoirs essentiels de son état ? il les a remplis. Un Prince a deux grands objets : sa Famille : il en est le chef, le modele : sa Patrie : il en est le protecteur, le pere.

Renfermé dans l'intérieur de sa Famille, il faut qu'il y établisse l'ordre, qu'il y maintienne l'abondance, qu'il y pratique toutes les vertus d'un Citoyen. La nature a ses droits sur les Grands, comme sur les autres hommes ; plus même le sang qui coule dans les veines est illustre, plus le cœur est susceptible de sentimens vifs, purs ; &

s'il étoit néceſſaire d'aller chercher juſques ſur le Trône de reſpectables exemples ; quel pere plus attentif, plus attaché, plus tendre que le Roi ? C'eſt dans le ſein de ſon auguſte Famille qu'il reſpire du poids de la Couronne, & des embarras de la Royauté : c'eſt-là que dégagé du fardeau de la repréſentation, il développe toutes les qualités admirables de ſon ame. Hélas ! Quel coup pour ſa tendreſſe, lorſqu'il vit tout récemment moiſſonnée par la mort une jeune Princeſſe, l'exemple de la Cour, la conſolation de notre pieuſe Reine. O Ciel ! pourquoi nous as-tu envié ſitôt le bonheur de la poſſéder ? Y a-t'il donc déja trop de vertu ſur la terre ?

Occupé des intérêts de ſa Patrie ; il faut qu'un Prince lui conſacre ſes ſoins au préjudice de la nonchalance & du plaiſir, qu'il remédie à ſes malheurs autant qu'il dépend de lui, qu'il la ſerve relativement au degré d'autorité qui lui eſt confié. Ce n'eſt point pour outrer la magnificence & le faſte, pour ne ſuivre d'autre loi que leur volonté, pour faire gémir leurs vaſſaux ſous le poids d'une domination tyrannique que, la Providence a établi des Grands ſur la terre ; ils ſeroient les fléaux de leur Patrie, ils doivent en être les délices; ils lui ſeroient à charge, ils doivent lui être utiles.

Oui, Meſſieurs, c'eſt conformément à ces principes que le DUC D'ORLEANS a toujours agi. Sa Famille ni la France n'ont jamais été oubliées dans ſa retraite; il ne les a point compriſes dans la multiplicité de ſes Sacrifices; eſſentiellement à Dieu, il s'eſt ſouvenu qu'il étoit Fils, Frere, Pere, Prince.

Rien de plus ſincere que le zéle qu'il a toujours témoigné pour la gloire & la proſpérité du Royaume. Pendant pluſieurs années ne s'eſt-il pas arraché aux douceurs de la ſolitude, pour ſe trouver aſſiduement au Conſeil? Si depuis il s'eſt abſtenu d'y paroître, providence de mon Dieu, vous aviez dans cette conduite vos vues & vos deſſeins.! Vous vouliez que ſon cœur ne ſe partageât plus entre les devoirs de la piété & des ſoins terreſtres. S'il n'eſt pas deſcendu avec nos Joſué dans le champ de Bataille, il a toujours efficacement levé les mains avec Moyſe ſur la Montagne. Un Prince qui prie avec la piété d'un Onias, avec les larmes d'un Jérémie, influe autant ſur le ſuccès des Armes de Juda, que dix mille bras qui combattent. Pendant que LOUIS conduiſoit nos Soldats à la victoire, les animoit par ſa préſence, montroit aux ennemis un Roi invincible, & s'expoſoit peut-être trop lui-même; le DUC D'ORLEANS ſe proſternoit aux pieds des Autels, & intéreſſoit en notre faveur le Dieu qui fait vaincre. Convaincu que les Guerres les plus juſtes ſont toujours un fleau pour un Etat, & une playe pour la Religion, il appelloit la paix de toute l'étendue de ſes vœux; en applaudiſſant à nos glorieux avantages, il ſouhaitoit qu'ils ſerviſſent d'acheminement à une paix durable. Nous l'avons vû franchir tous les obſtacles, & voler à Metz à la premiere nouvelle de cette triſte maladie qui mit la vie du Roi en un ſi grand danger, & qui répandit le trouble, l'éffroi, la conſternation dans tout le Royaume. Nous l'avons vû partager notre joie, joindre ſes actions de grace à nos Cantiques d'allégreſſe, & recevoir avec empreſſement dans ce Temple même notre Auguſte Monarque, lorſqu'environné de la plus brillante Cour, il vint dépoſer aux pieds de Génevieve les Palmes qu'il avoit moiſ-

ſonnées

ſonnées tant en Flandre que ſur le Rhin, & rendre au Roi des Rois des hommages publics pour une ſanté dont le rétabliſſement eſt l'ouvrage de nos larmes, le monument de notre amour, & un effet ſenſible de la protection de Dieu ſur cette Monarchie.

Sa Famille lui a été auſſi chére que ſa Patrie. Le premier uſage du loiſir & des épargnes de ſa retraite ne fut-il pas conſacré à mettre ordre aux affaires de ſa maiſon, à en réparer les Finances épuiſées, à acquitter des dettes immenſes, à ſatisfaire tous les créanciers avec une bonne foi digne de l'âge primitif? N'en a-t'il pas étendu les Domaines quand l'occaſion s'en eſt préſentée, & qu'il a cru le pouvoir ſans injuſtice? Peuple du Soiſſonnois, vous vous applaudiſſiez d'être devenus un de ſes nouveaux appanages! Calmez votre douleur; tout le Sang d'Orleans ſe reſſemble: on eſt toujours heureux ſous de tels Maîtres.

Fils reſpectueux, quels égards, quelles attentions n'a-t'il pas témoigné pour une Mere....! Elle les méritoit à toutes ſortes de titres. La mémoire de cette Princeſſe ſi chrétienne, ſi bienfaiſante, ſera toujours en bénédictions. Les riches présens, dont elle a décoré le Tombeau de Géneviéve, parleront en sa faveur, & annonceront aux âges futurs sa piété & notre reconnoissance. Frere tendre; de quelles larmes n'a-t'il pas arrosé le Cercueil des Princesses ses Sœurs....?

Mlle de Beaujolois.

L'une eut la destinée de ces belles fleurs qu'un même jour voit éclôre & se faner; elle vivroit encore si le mérite décidoit du nombre des années: l'autre, digne objet des vœux & de l'attachement d'un Héros qui a fait trembler l'Italie, nous laisse pour consolation le souvenir de son caractère, & un jeune Prince héritier de ses graces & de ses vertus. Que dirai-je de celle, qui célébre par tous les sacrifices qu'elle avoit fait en s'immolant elle-même à Jesus-Christ, est encore regrettée universellement des Pauvres qu'elle aimoit à soulager, & du monde même qu'elle avoit quittée...! Frere généreux; avec quelle libéralité ne vint-il pas au secours d'une Reine....? Elle avoit commandé à l'Espagne, elle vint édifier la France: elle descendit du Trône avec la même tranquillité qu'elle y étoit montée.... Hélas! à son seul souvenir les murs de ce Temple se couvrent d'un nouveau deuil...... Anges de

Mde la Princesse de Conti.

Madame l'Abbesse de Chelles.

paix, qui veillez autour du Tabernacle, vous avez tant de fois porté aux pieds du Trône de l'Eternel le parfum de ses prieres : portez aujourd'hui à cette pieuse Reine dans le séjour de la gloire nos soupirs & nos regrets.

Suis-je donc destiné, MONSEIGNEUR, à r'ouvrir toutes vos anciennes playes, & à donner de nouvelles atteintes à votre sensibilité ? La perte d'un Pere ne vous afflige-t'elle pas assez, sans rappeller tous les coups qu'a portés successivement à votre Maison l'impitoyable mort ! Il vous aimoit tendrement ce Pere, à qui vous venez rendre ici de funebres devoirs avec une piété vraiement filiale. Il vous aimoit tendrement, il vous portoit dans son sein. Lui parloit-on de vous, lui faisoit-on votre éloge ? une impression de joie dont il n'étoit pas le Maître, trahissoit presque malgré lui le secret de son cœur. Il vous aimoit, & il trouvoit bien dans vous de quoi justifier son amour. Il vous aimoit : rappellez-vous ses soins, ses inquiétudes, ses allarmes lorsqu'une maladie dangereuse nous fit craindre pour vos jours. Rappellez-vous mille conjonctures... Mais j'aigris votre douleur, & je ne dois que consoler votre Religion.

Quel plus juste motif de consolation, Messieurs, mais en même, tems quoi de plus propre à nous allarmer sur notre destinée éternelle, que la rigoureuse sévérité avec laquelle LE DUC D'ORLEANS s'est traité lui-même? Justice de mon Dieu! si vous avez fait acheter si cher à ce Prince la Couronne du Ciel, que deviendront toutes les ames mondaines? Hélas! où la vie qu'elles menent peut-elle aboutir? Jugeons de la différence du terme par l'opposition de conduite.

Là, des jours voués à la volupté; des passions d'ignominie, qui corrompent, qui dégradent, qui énervent, qui prennent autant sur la réputation que sur la santé; des plaisirs auxquels on se livre par indolence, par habitude lorsque le goût est épuisé; des plaisirs souvent à charge par leur continuité, & dont la satiété même émousse le sentiment. Ici un éloignement total, une privation universelle de tout ce qui porte le nom de plaisir, de tout ce qui en a l'ombre & l'apparence; une sévérité de mœurs que le plus zélé Anachoréte peut à peine atteindre; un empire sur ses passions, une captivité des sens, qui écarte jusqu'à la tentation même des plus légéres foiblesses.

Là, un cercle d'amuſemens, un enchaînement de bagatelles, à qui on donne le nom impoſant d'occupation, d'affaires ; un eſprit de diſſipation qui étouffe toute réflexion ſolide, qui entraîne tumultueuſement, qui empêche de vivre avec ſoi-même, qui étourdit ſur le terme fatal vers lequel, emporté par le tourbillon, on ſe précipite en aveugle. Des lectures qui ne corrigent point la frivolité de l'eſprit, qui aident la corruption du cœur, qui flatent le penchant à l'irréligion. Ici des méditations profondes ſur les engagemens de l'homme Chrétien, ſur les grands objets de l'éternité ; une uniformité, une liaiſon, une conſéquence dans la conduite qui donnoit tout au devoir, & rien au caprice. Une modeſtie, un recueillement qui rappelloit les autres à eux-mêmes. Une attention ſoutenue à tenir toujours, comme David, ſon ame entre ſes mains, pour réprimer ſes ſaillies, pour diſcuter ſes motifs, pour lui demander compte de ſes moindres mouvemens. Un travail ſérieux, continu, opiniâtre, & peut-être quelquefois exceſſif. Une étude des Langues, ſéche, pénible, rebuttante, & qui étoit pour lui, comme pour Saint Jerôme, moins un effet de la curioſité, qu'une reſſource de pénitence.

Là, tout annonce le luxe, tout reſpire la moleſſe : ici, une ſimplicité qui paſſe l'imagination. Tout ce qu'il y a de plus commun ; à peine le néceſſair. Un logement étroit, incommode, plutôt la Cellule d'un Cénobite que la demeure d'un Grand Prince ; une table frugale, ſans apprêts & qui cachoit le mérite de la mortification, ſous le prétexte du régime ; un lit moins propre à provoquer le ſommeil, qu'à affliger le corps par un nouveau genre de macération. Malgré le dépériſſement de ſa ſanté, malgré ſes infirmités habituelles, on n'a jamais pû le réſoudre à être plus indulgent pour lui même ſur cet article. Lui diſoit-on que les Médecins regardoient cette mitigation comme néceſſaire ? » Les Médecins, répondoit-il, » ſont trop occupés du corps ; plus on approche du » terme, plus on doit rédoubler de zéle. C'eſt dans » les bras de la Pénitence qu'il faut que meure un vé» ritable Chrétien. Quelques heures avant ſa mort, (permettez-moi encore ce trait, Meſſieurs, il vous prouvera à quel haut degré ce Prince a porté l'amour de la Croix, le renoncement à lui-même ; & j'ai la conſolation dans ce diſcours, triſte effuſion de mon attachement, de mon reſpect, de mes regrets, j'ai la consolation de ne rien dire que je n'aye vû, que je n'aye entendu, dont je n'aye été mille fois le témoin, ) quelques heures avant sa mort, comme on lui représentoit que sa foiblesse exigeoit un siége plus commode, que celui dont il se servoit ordinairement, il répondit, » qu'il avoit » toujours fait consister une partie de sa Pénitence » à se tenir dans une situation génante, & qu'il » vouloit y persévérer jusqu'au dernier soupir.

Après une vie aussi Evangelique, aussi austère, aussi crucifiée, qu'attendez-vous du Prince, Messieurs ? Qu'il se tranquillise sur les égaremens d'un âge où la vivacité emporte ? qu'il cesse de les pleurer ? qu'il dise avec Paul : J'ai combatu, ma course s'acheve, j'attends la Couronne de Justice ? qu'il encourage avec Hylarion son ame à ne plus craindre ? Ah ! le souvenir de quelques années perdues dans le siécle & la dissipation ne peut s'effacer de son esprit ; ses premiéres foiblesses lui sont toujours présentes. Le trait de componction qui a blessé son cœur, y laisse une profonde cicatrice ; il ne pense qu'aux péchés de sa jeunesse ; il ne parle que des péchés de sa jeunesse ; il en fait dans son testament un humble aveu, une réparation publi-

2. Tim. 4. 7.

que, & il y déclare dans l'amertume de ſon ame, qu'il n'en a pas encore fait *une pénitence proportionnée* : ce ſont ces propres termes. O parole digne d'être gravée, non ſur le marbre & l'airain, mais dans le cœur de tous ceux qui ont eu le malheur de ſuivre les deſirs des paſſions! *Il n'a pas fait une pénitence proportionnée!* Que n'avez-vous donc point à craindre, ô vous! qui du ſein de la mondanité, de la moleſſe & du crime, ne connoiſſez point d'autre retour vers Dieu que la cérémonie d'une confeſſion ſuperficielle, & n'emportez ſouvent avec vous dans l'éternité d'autres œuvres de pénitence qu'une participation équivoque & précipitée au Sacrement des Juſtes. *Il n'a pas fait une pénitence proportionnée!* Tu traitois cependant, ô monde, ſa conduite d'indiſcrétion. Ah! apprends ce que c'eſt que le péché ; apprends ce que le Ciel doit coûter à un Chrétien, & tu t'étonneras non des violences que ſe font les Saints, mais de l'aveugle ſécurité où tu vis toi-même. Elle ſera troublée par les terreurs de la mort, cette aveugle ſécurité. A ce triſte moment périra pour toujours ce qui n'a point été ſacrifié par religion. A ce triſte moment s'évanouiront tous les vains phantômes

de

de gloire. LE DUC D'ORLEANS s'en eſt acquiſe une durable & ſolide, que la mort ne ſçauroit obſcurcir. C'eſt ce qui me reſte à vous déve-lopper.

## SECOND POINT.

APRE'S avoir dépouillé un Grand, la mort le livre au jugement de ſon ſiécle & de la poſtérité, pour apprécier ſon mérite, le peſer lui-même au poids de la réalité, & aſſigner la place qu'il doit occuper dans l'eſtime des hommes. Les titres une fois évanouis, les qualités perſonnelles demeurent, & ſervent à conſtater la gloire ou l'opprobre. Plus de nuages éblouiſſans qui dérobent ſes foibles, plus de complaiſance qui les excuſe, plus d'adulation qui les canoniſe. Alors, comme on n'a rien à eſpérer ni à craindre, l'Hiſtoire arme contre lui toute la force de la vérité. Le Peuple, qui ne s'eſt peut-être apperçu de ſa grandeur qu'à la peſanteur du joug, n'eſt porté ni à regretter ſa perte, ni à reſpecter ſa mémoire. La Religion dont il a été ſouvent le fléau & le ſcandale, gémit, ne s'exprime point : mais que ſon ſilence & ſa douleur diſent de choſes à qui ſçait les entendre !

Ab auditione mala non timebit. *Ps.* 111. 7.

Il n'en eſt pas ainſi du Juſte de l'Ecriture : il n'en eſt pas ainſi du Prince que je loue ; ſon mérite eſt à l'épreuve de toute cenſure, il peut ſoutenir ſans riſque l'œil de l'examen le plus ſévere. Bien loin de flétrir ſa gloire, la mort lui donne un nouveau luſtre, la mort y met le dernier ſceau. Grand par lui-même, indépendamment de tous ces titres paſſagers qui ſe perdent dans l'ombre du tombeau ; grand par ſes ſentimens, par ſes bienfaits, par ſa piété, il n'a rien à craindre ni de la ſincérité de l'hiſtoire, ni du mécontentement des peuples, ni des jugemens ſecrets de la Religion. Une mort trop prompte nous l'enleve ; mais il vivra dans le ſouvenir des Sçavans, par la protection dont il a honoré les Sciences ; il vivra dans le cœur des pauvres, par les ſecours abondans qu'il leur a procurés ; il vivra dans les faſtes de l'Egliſe, par l'édification que ſon éminente piété a donnée.

Quand je vous repréſente MONSEIGNEUR LE DUC D'ORLEANS comme un des Protecteurs les plus zélés que les Sciences ayent eus, ne vous figurez pas un Prince, qui ſans choix, ſans diſcernement, ſe laiſſoit éblouir à la premiére lueur,

& ne penſoit qu'à acheter par des profuſions mal placées la foible gloire d'être l'idole des Sçavans. Une profondeur de jugement qui lui étoit propre, & qui l'empêchoit de prendre le change, lui avoit appris que ſi les Sciences ſont reſpectables en elles-mêmes, rien n'eſt plus commun que l'abus de ce nom, rien n'eſt plus faux que l'application que l'on en fait tous les jours. Il ſçavoit que le Très-Haut, qui dans l'Ecriture ne dédaigne pas de s'appeller le Dieu des Sciences, n'a communiqué aux hommes des connoiſſances & des lumiéres, que pour l'utilité commune, que pour le progrès de la Religion; & que quiconque s'écarte de cette double deſtination, paſsât-il pour un prodige, n'eſt, dit l'Apôtre, qu'un ignorant préſomptueux. Auſſi n'honoroit-il de ſon ſuffrage, n'animoit-il par des largeſſes, que ce qui pouvoit procurer des avantages réels au Public & à la Religion. Il n'approuvoit pas que l'on bornât ſes recherches à des connoiſſances vaines, ſtériles, & qui ne ménent à rien. Il diſoit que de tels hommes s'épuiſoient en pure perte, & que perſonne ne leur tenoit compte de leur travail. Juſte appréciateur des talens, il en peſoit le degré, il en démêloit le fri-

Deus ſcientiarum Dominus eſt. *I. Reg.* 2. 3.

Superbus eſt nihil ſciens. *1. Tim.* 6. 4.

vole, il en récompenſoit l'utile. Quoique ſenſible aux graces touchantes de la Poëſie, quoique parfaitement inſtruit de ce que les Belles-Lettres ont de délicateſſe & d'aménité, il donnoit rarement accès chez lui à ceux qui n'excelloient que dans ce genre d'étude. Les Belles-Lettres lui paroiſſoient un moyen plûtôt qu'une fin : d'ailleurs une raiſon perſonnelle lui faiſoit éviter les Poëtes, ils ſont preſque toujours tentés de louer.

C'eſt par dévouement au bien de la Société, qu'il a payé au poids de l'or tant de ſecrets utiles, tant de remédes éprouvés, pour faciliter les guériſons, & enrichir la Médecine. Il auroit voulu pouvoir répandre de nouvelles lumiéres ſur les ténébres d'un Art qui marche ſouvent à l'aveugle, & qui connoît moins qu'il ne conjecture. Il avoit
3. Reg. 4. 33. étudié, comme Salomon, les propriétés de toutes les plantes, depuis le cédre juſqu'à l'hyſſope. Tributaires de ſon zéle, les climats les plus éloignés lui envoyoient tout ce que leur terrein produit de plus rare en ce genre. Il recevoit ces tréſors de la nature avec reconnoiſſance ; il les faiſoit cultiver avec ſoin, non par un vain amuſement, mais afin que le Citoyen malade pût en profiter.

Ses jardins, il les destinoit à être la ressource générale des Hôpitaux. Que de sages établissemens multipliés ! Que de Colléges érigés ! Que de places fondées pour l'éducation de la jeunesse ! Vous le sçavez, ô Provinces, qui êtes redevables d'une partie de votre lustre à ses fondations ! Tu le sçais, ô Versailles, ville si glorieuse du séjour habituel de nos Rois ! Si les Sciences ont un asyle public dans ton sein, si tes enfans ne sont plus obligés d'aller chercher ailleurs le secours des leçons & des Maîtres, c'est au DUC D'ORLEANS que tu le dois.

Il étoit persuadé que la destinée d'un Royaume dépend de la maniére dont on éleve les jeunes gens qui en sont la fleur & l'espérance. Jugez, Messieurs, combien il applaudit au projet de cette Ecole fameuse, qui promet & prépare à la jeune Noblesse l'éducation la plus brillante & la plus solide : jugez avec quelle satisfaction il en vit jetter les premiers fondemens ; avec quelle joye il auroit vû avant de mourir l'exécution parfaite d'un aussi beau plan. Il regardoit cet important dessein comme une de ces glorieuses anecdotes, capables d'égaler le siécle de LOUIS LE BIEN AIME' au ſiécle de LOUIS LE GRAND. L'un a ouvert un refuge à de braves Guerriers, courbés ſous le faix des ans, uſés par les combats, couronnés mille fois par la victoire; l'autre érige un lieu d'exercice où les ſiens apprendront, preſqu'en naiſſant, à combattre & à vaincre. L'un a ſçu récompenſer de fidéles ſujets; l'autre travaille même à les rendre dignes de la récompenſe. Le premier établiſſement immortaliſe la reconnoiſſance & l'humanité de LOUIS XIV. le ſecond marque dans LOUIS XV. une ſage prévoyance & une prudente activité. Ces deux monumens voiſins l'un de l'autre, annonceront à l'envi la gloire de deux regnes ſucceſſifs, où le Nom François a eu tant d'heureuſes époques d'illuſtration.

Mais ſi LE DUC D'ORLEANS dans la protection dont il honoroit les Sciences, avoit égard au bien de la Société; les intérêts de la Religion le touchoient encore plus vivement. Un homme qui travailloit à en faire connoître la vérité, à en développer les preuves, à en confondre les adverſaires, lui étoit précieux. Paroiſſoit-il quelque ouvrage lumineux, approfondi, plein de l'eſprit de la foi? ah! toute ſon inquiétude étoit de s'informer des besoins & de la situation de l'Auteur ; & ses bienfaits alloient chercher jusques dans le réduit le plus obscur le Sçavant Chrétien, qui dans un siécle comme le nôtre, avoit osé se montrer le Défenseur & l'Apologiste de la Religion. Il déploroit, mais avec une amertume, mais avec une douleur inexprimable ce goût pervers d'incrédulité, qui ne prend aujourd'hui que trop de faveur dans le monde. Il détestoit ces génies superficiels dont une imagination fougueuse, sans régles, sans flegme, fait l'unique talent ; qui croyent raisonner juste, parce qu'ils s'expriment avec élégance ; convaincre, parce qu'ils séduisent ; & qui réunis de concert contre notre Sainte Religion, sont convenus entr'eux de ne briller qu'à ses dépens, & de se faire lire par les traits saillans d'impiété dont ils assaissonnent leurs écrits. Quoi ! disoit-il ; pour qu'un livre soit à la mode, il faut qu'il heurte de front les principes les plus avérés ! Quoi ! on ne peut être censé avoir de l'esprit, sans en manquer dans le point essentiel ! Dans sa plus extrême foiblesse j'ai vû le zéle & l'indignation lui donner des forces, lui suggérer des paroles de feu à la seule lecture de quelques propositions, qui sous de captieuſes enveloppes cachoient tout le venin du Deïſme. Il mourut content lorſqu'il vit le jugement qu'il en avoit porté lui-même, juſtifié par les décrets du Sénat, par les foudres de l'Egliſe & par les Cenſures de la Faculté de Théologie....

A ce nom, Meſſieurs, de nouvelles idées viennent ſe préſenter à votre eſprit. Vous vous rapellez cette Chaire de Langue Hébraique dont la générofité de ce Grand Prince vient de décorer la Sorbonne. Graces à ſes ſoins, de doctes Eléves apprendront à puiſer dans les premiéres ſources la ſcience néceſſaire de l'Ecriture. Graces à ſes ſoins, on verra réfleurir en France, au profit de la Religion, l'étude d'une Langue trop utile, trop reſpectable, pour être auſſi négligée qu'elle l'a été depuis pluſieurs ſiécles. Un pareil établiſſement aſſure l'immortalité au Prince qui en eſt l'Auteur. Son nom volera ſur les aîles de la reconnoiſſance juſqu'à la poſtérité la plus reculée; la Sorbonne publiera de ſiécles en ſiécles cette glorieuſe marque de bienveillance. Illuſtre déja par les faveurs d'un Grand Cardinal, le Miniſtre & preſque le Sauveur de la France, elle le devient encore davantage par les bienfaits de l'Arrierre-petit-fils de Louis XIII.

Un

Un Prince, auſſi grand Zélateur des Sciences, ne pouvoit être lui-même qu'un Prince très-ſçavant. Si vous en doutiez, Meſſieurs, je vous dirois que perſonne ne poſſédoit mieux que lui toutes les Langues meres; que ſur chaque genre de connoiſſances il avoit des lumiéres à étonner les Maîtres de l'Art. Je vous parlerois de pluſieurs ouvrages que ſa plume féconde a enfantés; d'un Traité ſur les Spectacles, où il prouve combien ce plaiſir prétendu innocent, eſt contraire à l'eſprit du Chriſtianiſme; d'une Diſſertation contre les Juifs, capable de leur ouvrir les yeux, ſi un voile vangeur ne leur fermoit encore tout accès à la lumiére; d'un Commentaire ſuivi ſur les Epitres de Saint Paul & les Pſeaumes de David, où l'eſprit eſt frappé des recherches, & le cœur attendri par l'onction. Mais ce que je ne puis omettre, c'eſt que ſa vaſte érudition ne lui donna jamais une plus haute idée de lui-même; qu'il étoit Sçavant ſans faſte, ſans étalage, ſans entêtement; qu'il avoit l'humilité d'écouter la critique, & la grandeur d'en profiter.

Que les Sçavans lui érigent donc des trophées dans leurs doctes écrits. Celui que ſes aumônes lui aſſurent dans le cœur des pauvres, eſt encore plus glorieux & plus durable.

Il ſemble, Meſſieurs, que Dieu, pour la conſolation de ſon peuple, ſe plaiſe à produire de tems en tems ſur la terre des hommes de miſéricorde, célébres par les effuſions de leur charité, & dont la principale vocation ſoit de balancer par d'intarriſſables ſecours toutes les calamités du ſiécle où ils vivent. Un homme de ce caractère eſt un préſent du Ciel, un bienfait public. Tel un Job.... La compaſſion étoit née avec lui, l'âge n'avoit fait que fortifier cet heureux penchant. Œil de l'aveugle, pied de boiteux, refuge toujours aſſuré aux miſerables, ſes jours ſe comptoient par les maux auſquels il avoit remédié. Tel un Tobie.... Il adouciſſoit à ſes freres par des ſoins & des largeſſes le poids d'une dure captivité. Au lit de la mort ſon unique ſollicitude tendoit à laiſſer dans le monde après lui un fils héritier de ſes ſentimens, continuateur de ſes aumônes. Tel un DUC D'ORLEANS.... N'a-t'il pas eu l'avantage de ſe voir la reſſource générale, le reſtaurateur de tous les déſaſtres, de toutes les infortunes, l'ami des pauvres, la Bénédiction de ſon ſiecle, l'homme de la Providence, le Pere universel! Secourable Joseph, c'est à lui que le Dieu des Rois commandoit que l'on s'adressât! C'est sur sa prévoyance & sa libéralité qu'il se reposoit de la subsistance des indigens: *Ite ad Joseph.* Le premier effet de la grace sur son cœur, vous le sçavez, Messieurs, fut de l'attendrir, & de lui inspirer le noble dessein de tendre une main propice à toutes les miseres qui viendroient à sa connoissance. Il ne fit des retranchemens aussi considérables, il ne se réduisit à une aussi grande simplicité que dans cette vûe. Il s'appliqua personnellement ces paroles du Pseaume; il crut entendre Jesus-Christ qui lui disoit: *Tibi derelictus est pauper*: je remets entre vos mains, je confie à votre charité mes pauvres, la portion la plus chere de mon héritage. Ceux que je leur avois donné pour Peres, sont devenus la plûpart leurs Tyrans: le luxe, les plaisirs, les crimes absorbent des fonds destinés à les nourrir. Remplacez à leur égard tous ces dépositaires infidéles: *Tibi derelictus est pauper.* Que d'autres mettent leur gloire à gagner des Batailles: faites consister la vôtre à prodiguer des graces. Ils répandent du sang: & vous essuyerez des larmes. Ils sont l'effroi de la terre: &

Gen. 41. 55.

Psal. 9. 14.

vous ſerez les délices de l'humanité. Ils portent la déſolation dans le ſein des familles : & la veuve trouvera en vous un protecteur, l'orphelin un appui : *Orphano tu eris adjutor*.

*Ibid.*

En effet, Meſſieurs, le Héros Guerrier eſt l'image de la Puiſſance du Dieu terrible ; mais ce même Dieu a peint dans l'homme charitable les attributs bienfaiſans qui nous engagent à l'aimer. L'un n'imite que les éclats de ſon tonnere ; l'autre nous exprime ſa tendreſſe paternelle : l'un eſt le miniſtre de ſes vengeances ; l'autre, l'inſtrument de ſa bonté. Les Citoyens ne ſouffrent que trop ſouvent des ſervices que le Héros rend à ſa Patrie : ce n'eſt qu'aux dépens de ſes biens, de ſes plaiſirs, de ſes commodités que l'homme charitable aſſiſte les malheureux. Dans les ſuccès les plus importans, l'allégreſſe de l'un eſt toujours troublée par des pleurs & des ſoupirs confus qui lui redemandent un Frere, un Fils, un Epoux : l'aſpect de l'autre n'excite que des tranſports de reconnoiſſance ; point de triſte ſouvenir qui corrompe, point de nuage qui obſcurciſſe la joie que l'on a de le voir. Les Lauriers de l'un ont plus d'éclat ; le triomphe de l'autre eſt plus flateur. On auroit oublié Titus, s'il n'avoit que détruit Jérusalem : son heureux penchant à obliger est ce qui l'immortalise.

Concevez-vous rien de plus consolant, Messieurs, que l'accueil que reçevoit LE DUC D'ORLEANS, toutes les fois qu'il paroissoit en public ? Ce n'étoit point de ces acclamations vagues, trop équivoques pour flater. C'étoit un hommage secret d'amour & de gratitude ; une expression muette, mais vive de tout ce que l'ame peut sentir de plus tendre & de plus sincére. On s'arrêtoit pour considérer, pour bénir un Prince envoyé du Ciel au secours des misérables. Il ne rencontroit sur son chemin que des gens dont il étoit le bienfaiteur, ou dont il pouvoit le devenir. Chacun comptoit en le voyant les graces qu'il en avoit reçûes, ou celles qu'il en attendoit ; tous se réunissoient à former des voeux pour la conservation d'une vie aussi précieuse.

Que j'aime à me le représenter dans ces audiences journalieres, où environné d'une foule de Pauvres, confident de leurs peines, dépositaire de leurs soupirs, il les recevoit avec clémence, les écoutoit avec bonté, & renvoyoit consolés ceux qu'il ne pouvoit renvoyer entiérement satisfaits ! Quand on ne considéreroit ici que le Prince, que l'homme, on est touché, attendri ; il est si beau de travailler à faire des heureux ! Est-il un usage plus noble du cœur, que de compatir ? un emploi plus satisfaisant des richesses, que de donner ? Mais LE DUC D'ORLEANS ne se bornoit pas aux seuls sentimens de l'humanité. Cherchons le Chrétien dans ses aumônes : & la sublimité de ses motifs nous frappera d'admiration. Plein de respect pour les pauvres, il les regardoit comme les membres privilégiés du Sauveur, comme les héritiers de sa Croix, comme des images vivantes d'un Dieu souffrant ; il tenoit à honneur de les entendre & leur parler ; il se dédommageoit en quelque sorte de l'absence de Jesus-Christ en conversant avec ces hommes de douleur qui le représentent sur la terre. De-là ces immenses profusions qu'il avoit dessein d'augmenter au double, si le Ciel lui eût laissé des jours. De-là cette condescendance que l'importunité même ne lassoit point. Aux heures où il avoit coutume de descendre, les approches de sa retraite res-

ſembloient aux portiques de la Piſcine de Jéru- Jean. 5.
ſalem. Des affligés de toute eſpéce y couroient, & de la Ville & des Provinces. Ils attendoient que l'Ange Tutélaire parût; l'Ange venoit, & leur eſpérance étoit comblée. Les prodiges de ſa charité ne ſe reſtraignoient pas au ſoulagement d'un ſeul. On n'avoit beſoin ni de médiateur, ni de recommandations auprès de lui; pour approcher, pour obtenir un accès favorable, il ſuffiſoit d'être malheureux.

N'exigez pas, Meſſieurs, que je vous détaille toutes les formes différentes que prenoit ſa charité infatigable; que je ſuppute les ſommes prodigieuſes qu'il conſacroit toutes les années à de bonnes œuvres; que je circonſtancie mille traits de générosité qu'il défendoit lui-même que l'on publiât, & qui ſont écrits au Livre de vie. Je laiſſe parler ici à ma place la voix publique, Paris, la France, que dis-je! le nouveau monde où ſes bienfaits ont pénétré. Continuez ſon éloge, Maiſons illuſtres qu'il a ſoutenues ſur le penchant de leur ruine, dont il a relevé les débris, dont il a empêché la décadence par de ſecretes prodigalités! Pénitentes heureuſes qui avez trouvé dans

ſa charité de plus riches reſſources que dans le crime, vous qu'il a conduites du Theâtre au Cloître, de l'abus des talens aux larmes de la componction ! Familles malaiſées dont il a établi les enfans, dont il a calmé les inquiétudes ! Vierges ſacrées qui lui devez votre innocence & l'honneur d'être admiſes au nombre des épouſes de Jeſus-
3.Reg.17. Chriſt ! Veuves déſolées dont ce nouvel Elie a multiplié la ſubſiſtance & changé le déſeſpoir en actions de grace. Donnez l'eſſor à votre reconnoiſſance, Provinces de ſon Appanage ; publiez à ſa gloire que toutes les fois que les débordemens ſubits d'un fleuve capricieux noyoient vos moiſſons, ou que l'inclémence du Ciel frappoit vos Campagnes de ſtérilité, ce Prince charitable vous rendoit & vos fruits & vos moiſſons ; qu'il remplaçoit par des largeſſes proportionnées des pertes qui paroiſſoient irréparables ; & que riche de ſes dons, le Laboureur ne s'appercevoit preſque pas que la terre lui eût été ingrate.

Hélas, Meſſieurs, les aumônes de la pieuſe
Act. 9. Dorcas, les habits & les tuniques dont elle revêtoit les veuves, ont été aſſez efficaces pour que Pierre obtînt du Ciel le miracle de ſa réſurrection,

&

& la rendit aux vœux des fidéles de Joppé. Comment donc tant de ſecours que LE DUC D'ORLEANS a prodigués, tant de crimes qu'il a prévenus, tant de converſions qu'il a encouragées, comment tant de prodiges de miſéricorde n'ont-ils pû même obtenir la prolongation de ſes jours? O mon Dieu! vous nous l'aviez donné dans votre bonté, vous le retirez dans votre colére; ſenſible aux maux de votre peuple, vous le lui aviez envoyé comme un Libérateur; indigné de nos offenſes vous vous êtes hâté de le rappeller à vous. Non ſans doute, notre ſiecle n'étoit pas digne de poſſéder plus long-tems ce tréſor de charité, ce modéle de la piété la plus éminente.

Je puis le dire, Meſſieurs, ſans que la vérité m'accuſe d'exagérer: depuis Saint Louis l'Egliſe de France n'a point eu de Prince plus pieux, plus édifiant, plus Chrétien. J'en atteſte ce Temple Auguſte où je parle; j'en atteſte le Temple voiſin, qui tous deux témoins de ſon zéle, ont admiré la ferveur de ſa piété, & reſpirent encore la bonne odeur que ſes grands exemples y ont répandue. Si vous parcouriez avec moi ces deux Temples, ſous chaque pas naîtroient de nouveaux ſujets de louan-

ge, de nouveaux prodiges à raconter. Voici le lieu, vous dirois-je, où prévenant tous les jours le lever du Soleil, il venoit répandre son ame devant le Seigneur, appeller la grace au secours de ses foiblesses, nourrir & attiser par de saintes méditations le feu divin qui le consumoit. C'est aux pieds de cet Autel qu'abîmé, anéanti il s'immoloit avec Jesus-Christ dans le redoutable sacrifice, & participoit plusieurs fois la semaine à la chair de l'Agneau immaculé. Ici, sans suite, sans appareil, sans aucune des prééminences dûes à son rang, il assistoit aux Offices publics avec une régularité, avec une édification qui instruisoit les Lévites eux-mêmes;
Psal. 83. 11. plus heureux comme David d'être le dernier dans la Maison du Seigneur, que de donner la Loi dans le séjour de l'iniquité. Là, mêlé, confondu avec le simple peuple, il écoutoit humblement la parole de vie qui sauve nos ames, & n'étoit distingué que par un air plus pénétré, que par un recueillement plus profond.

Les actes extérieurs de Religion ne sont comptés, ne méritent qu'autant que le cœur les avoue & les produit. Que ne puis-je vous montrer LE DUC D'ORLEANS tout entier, en vous ouvrant

le ſanctuaire de ſon cœur ! Connoiſſez l'élévation de ſes ſentimens ; & les exercices de ſa ferveur ne vous étonneront plus. Peſez le degré de ſon amour ; & vous lui pardonnerez juſqu'à ſes pieuſes indiſcrétions. Un Prince auſſi intimement convaincu de la grandeur de Dieu & du néant de l'homme, auſſi touché de ſes propres miſéres, auſſi perſuadé qu'il n'y a devant l'Eternel acception de perſonne, & que l'unique privilége des Puiſſans du ſiécle, eſt d'avoir de plus terribles comptes à rendre, de plus rigoureux ſupplices à craindre ; un Sap. 6. 7.
Prince auſſi inſtruit du Miſtère ineffable de l'Homme-Dieu, auſſi occupé de Jeſus-Chriſt, auſſi reconnoiſſant de ſes bienfaits, auſſi plein de confiance dans les mérites de ſon Sang ; un Prince qui avoit étudié toute l'économie de notre Religion, qui en avoit approfondi les preuves, qui en connoiſſoit l'eſprit, qui en ſuivoit les maximes, qui eſpéroit dans ſes promeſſes : ah ! il eſt impoſſible que la piété d'un Prince de ce caractère ſe renferme dans des bornes communes. Il faut que la charité qui l'embraſe, perce, éclate, prenne l'eſſor le plus ſublime. Ce n'eſt qu'aux pieds de Jeſus-Chriſt, ce n'eſt qu'en parlant à Jeſus-Chriſt, en écoutant

Jesus-Christ, en s'unissant à Jesus-Christ par la Communion, que son ame peut goûter quelque douceur, quelque repos. Que ceux qui ont moins de lumiéres & d'amour usent de ménagement & de reserve ; pour lui il ne connoît qu'une maniere d'aimer, c'est d'aimer sans mesure. On le respecte, on le préconise comme un prodige ; mais lui qui ne juge de ses actions que par ses desirs, souffre, gémit de se voir encore au-dessous de ce que son cœur lui dit qu'il devoit être.

Je sçais Messieurs que je parle ici un langage bien étranger au monde. Je sçais que le monde est naturellement peu porté à approuver ces excès prétendus de dévotion, & que s'il n'ose pas les condamner ouvertement par un reste de bienséance, il voudroit que l'on lui en épargnât du moins le détail, & que, dans l'éloge d'unPrince, on glissât légerement sur cet article, presque comme sur une foiblesse. Le monde n'aime que les vertus qui brillent, qui frappent, & où la vanité est, pour ainsi dire, de moitié. Mais par quel étrange rafinement, ce qui fait la gloire, le bonheur, le tout de l'homme, seroit-il devenu un opprobre & une flétrissure ? Il est honorable de servir les Rois de la terre avec zéle ; & il ſeroit honteux de ſervir avec piété le Roi des Rois ! Après avoir combattu les ennemis d'Iſrael, David rougiſſoit-il d'arroſer ſon lit de ſes larmes, d'humilier ſon ame dans la priere, & d'accorder avec le ſon de la Harpe ces beaux Cantiques, tendres effuſions d'un cœur plein de foi & d'amour ? Les louanges que l'Ecriture donne aux ſaints tranſports de ſon zéle, ne le vengent-elles pas de la fauſſe délicateſſe de l'orgueilleuſe Michol ! 1. Par. 15. 29.

Egliſe de Jeſus-Chriſt, ſainte Sion, il faiſoit votre joye, ce Prince qui fait aujourd'hui l'objet de nos regrets. Il contribuoit à adoucir l'amertume, à eſſuyer les larmes qui depuis longtems ſemblent être votre partage. Vous le montriez avec une eſpéce de complaiſance à vos ennemis. Sa tendreſſe & ſa fidélité vous dédommageoient de l'indifférence & des prévarications de la plûpart de vos enfans. Vous fondiez ſur lui les eſpérances les plus douces : il mettra, diſiez-vous, la vertu en honneur ; il rendra par ſon exemple la piété reſpectable. On ne la regardera plus comme la reſſource des gens obſcurs & deſtitués de talens. Il levera le ſcandale de ce miſérable préjugé, écueil terrible pour les foibles. Qui pourra rougir d'être à Jeſus-Chriſt, quand il verra un Prince de ce rang en faire une profeſſion publique !... Hélas ! vainement vous flatiez-vous. Toutes vos eſpérances ſe ſont évanouies avec ſes jours trop tôt terminés. Une partie de votre gloire eſt deſcendue avec lui dans le Tombeau.

Je touche, malgré moi, Meſſieurs, à l'inſtant fatal qui nous l'a enlevé. La mort n'avoit ſans doute rien d'effrayant pour un Prince qui s'y préparoit depuis tant d'années. On lui annonça qu'elle approchoit, & il l'apprit ſans pâlir; il reçut avec une ſainte joye cette nouvelle ſi attriſtante pour les Grands du monde, & qu'une cruelle politique leur diſſimule ordinairement juſqu'à la derniere extrêmité : elle ne fit point ſur lui la même impreſſion de terreur que ſur le Roi Ezechias. Plus
Iſaie 38. ferme, moins attaché à la vie que ce Prince de Juda, LE DUC D'ORLEANS ne ſe plaignit point de voir la trame de ſes jours coupée au milieu de ſa carriere ; le poids de ſon exil lui peſoit : il ſoupiroit après ſa parfaite délivrance. La multiplicité de ſes bonnes œuvres ne lui ſervit point de prétexte pour engager le Seigneur à le laiſſer

encore ſur la terre ; il ſçavoit que tant que l'ame habite cette maiſon de boue, elle riſque toujours de perdre le tréſor de la grace. Il oublia ſes vertus, & ne ſe ſouvint que de ſes péchés pour les pleurer de nouveau. Il ſe diſpoſa au terrible paſſage par un redoublement de pénitence ; la diminution de ſes forces ne rallentit rien de la ferveur de ſa piété ; ſa foi n'en devint que plus lumineuſe au milieu des ombres de la mort ; l'ame s'élevoit par degrés ſur les ruines du corps ; dégagée de la matiére, elle s'élançoit d'un vol rapide vers le Ciel, & ſembloit déja jouir de ce qu'elle avoit toujours deſiré.

Vous dirai-je, Meſſieurs, que tout le tems que dura ſa derniere maladie, on ne le vit ni moins fréquemment, ni avec moins de continuité dans le Temple ; que pouvant à peine ſe ſoutenir, que n'étant plus que l'ombre de lui-même, il ſe faiſoit encore traîner aux pieds des Autels, pour y épancher la plénitude de ſon cœur, pour y recevoir l'auguſte Victime de propitiation ? Vous dirai-je que la ſurveille de ſa mort, après qu'on lui eut adminiſtré les derniers ſecours que la charité de l'Egliſe accorde aux mourans, il vint en-

core nous édifier par sa présence, joindre ses prieres aux nôtres, & célébrer avec l'Eglise le Mystére attendrissant de la Présentation de Jesus-Christ au Temple ! Ah ! qui pourroit exprimer ce que son ame sentit dans ces précieux momens, qui furent les dernieres marques publiques qu'il donna de sa fervente piété ? C'est-là qu'animé par de grands exemples, il se soumit avec Marie au coup du glaive de douleur ; il ratifia, comme Jesus-Christ, par une libre acceptation, l'Arrêt de mort prononcé contre lui, & qui commençoit déja à s'exécuter. C'est-là que pénétré des mêmes sentimens que Simeon, il hâtoit par ses voeux la consommation de son sacrifice, & conjuroit le Seigneur de le laisser aller en paix, puisqu'il avoit eu la consolation de voir, d'adorer encore une fois l'Agneau qui s'immole pour
Luc 2. nos péchés ? *Nunc dimittis servum tuum.* Vous dirai-je que dans l'état de langueur & de consomption où il étoit réduit, sa plus sensible peine étoit de ne pouvoir plus écouter les Pauvres, & descendre à leur secours ; que si la mort lui coûta un regret, il fut tout entier en leur faveur ? Quoique mûr pour l'éternité, sa tendresse pour

pour eux l'auroit presque fait consentir à voir prolonger les jours de son pélerinage. Vous dirai-je que sa tranquillité jusqu'au dernier soupir, venoit de la pureté d'une bonne conscience, & d'une ferme espérance de la résurrection future? Rien de plus beau que la maniere dont il s'exprime dans son testament, que la profession de foi qu'il y a insérée sur ce dogme fondamental. On croiroit entendre parler un Job, un Paul, un Tertullien.

Mais quoi! le Ciel sera donc inexorable à nos voeux! les gémissemens du pauvre, les supplications publiques, la puissante intercession de Genevieve, la piété, la persévérance, les soupirs d'un Fils, qui vient tous les jours dans ce Temple le redemander à l'Eternel, rien ne pourra nous conserver, nous rendre un Prince dont nous acheterions la vie aux dépens de la nôtre? Il est donc déterminé que nous le perdrons.....! Ici, Messieurs, mon esprit se trouble, mes idées se confondent, un surcroit d'amertume me laisse à peine la liberté de m'exprimer.

Quel moment, MONSEIGNEUR, que celui où nous vous vîmes, où nous vîmes l'auguste Princeſſe qui vous eſt unie par de ſaints nœuds, environner le lit d'un pere mourant pour y recevoir ſa bénédiction ! Vous teniez tous deux entre vos bras les précieux gages de votre tendreſſe : un jeune Prince .... qu'il vive, il eſt l'eſpérance d'un Sang qui nous eſt cher. Une jeune Princeſſe ..... la ſenſibilité étoit déja peinte ſur ſon viſage, la voix attendriſſante de la nature pour ſe faire entendre ne compte pas les années. Ah ! que ce triſte moment, MONSEIGNEUR, a bien ſervi à développer toute la bonté, toute la candeur de votre ame ; que vos ſentimens alors furent vifs, tendres, ſinceres, reſpectueux ! Ils vous ont aſſuré l'eſtime, la vénération ..... Permettez-moi de le dire, ils vous ont gagné le cœur de tous ceux qui en ont été témoins.

Mais tirons un voile ſur de ſi lugubres objets, ne penſons qu'à achever les ſaints Myſtères .... Miniſtres du Dieu vivant, offrez-les avec confiance : tant de bonnes œuvres, des aumônes auſſi abondantes, ſa piété, ſa pénitence nous donnent les plus juſtes ſujets d'eſpérer. Recevez, ô mon Dieu, dans le ſein d'Abraham ce digne héritier de ſa foi. S'il lui reſtoit encore des taches à purifier (car vos jugemens ſont auſſi terribles qu'impénétrables) écoutez les larmes de mille malheureux, elles l'ont toûjours trouvé ſenſible. Ecoutez les prieres de votre Egliſe, il en a été l'ornement & la conſolation. Ecoutez la voix du Sang de votre Fils, qui du milieu de cet Autel où il va couler, crie en ſa faveur, & ſollicite votre miſéricorde.

FIN.

---

## *APPROBATION.*

J'Ai lû par l'ordre de Monſeigneur le Chancelier, *l'Oraiſon Funébre* de Très-haut, Très-Puiſſant & Très-excellent Prince LOUIS D'ORLEANS, DUC D'ORLEANS, Premier Prince du Sang. L'eſprit de Dieu qui avoit conduit l'Auguſte Prince dans ſa retraite pour ne s'y occuper que de la ſcience des Saints, l'a fait triompher de la mort, en lui apprenant à mourir à ſoi-même & à toutes les grandeurs humaines. Je n'y ai rien trouvé qui puiſſe en empêcher l'impreſſion. A Paris ce 25. Mars 1752.

SALMON, *Docteur de la Maiſon & Société de Sorbonne.*

www.ingramcontent.com/pod-product-compliance
Ingram Content Group UK Ltd.
Pitfield, Milton Keynes, MK11 3LW, UK
UKHW021007180726
13838UKWH00003B/1482

9 782329 46950